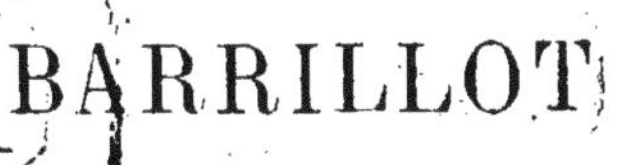

BARRILLOT

POLICHINELLE

AUX CHAMPIONS DE

RIGOLBOCHE

PRIX : 60 CENTIMES

PARIS
CHEZ MARPON, LIBRAIRE-ÉDITEUR,
GALERIE DE L'ODÉON, 4, 5, 6 ET 7

1860

POLICHINELLE

AUX CHAMPIONS

DE RIGOLBOCHE

Paris. — Typ. Cosson et Comp., rue du Four-Saint-Germain, 43

BARRILLOT

POLICHINELLE

AUX CHAMPIONS

DE RIGOLBOCHE

PARIS
CHEZ MARPON, LIBRAIRE-ÉDITEUR
GALERIE DE L'ODÉON, 4, 5, 6, 7

1860

POLICHINELLE

AUX CHAMPIONS

DE RIGOLBOCHE

I

Polichinelle se promène sous les galeries de l'Odéon, il voit toutes les petites brochures pour et contre Rigolboche, il les achète et va les lire sous un arbre du Luxembourg. Le temps est calme et lourd. Pendant cette lecture, Polichinelle pousse des soupirs qui font frémir les feuilles de l'arbre sous lequel il s'abrite.

POLICHINELLE.

Quand aurez-vous fini vos scandales honteux,
Barbouilleurs de papier dont le style boiteux
Se traîne tout crotté sur vos petites pages?
Pour des femmes de rien voilà de fiers tapages!

Depuis que l'impudeur passe pour le bouton,
Vous soufflez bruyamment dans votre mirliton ;
Vos lignes sans couleur, qui singent les ïambes,
Sont dignes de chanter les leveuses de jambes.
Continuez, messieurs, vous travaillez fort bien ;
Votre prose est parfaite, il ne lui manque rien.
On voit du coin de l'œil que vous savez écrire.
Ma parole d'honneur, c'est à crever de rire !
Çà, votre Rigolboche — excuse-moi, mon vers
Je te salis ! — vous met donc la tête à l'envers ?...
Ah ! comment résister devant jambe pareille
Qui se lève insolente au niveau de l'oreille !
Le pied est si mignon ! le mollet arrondi
Met des bésicles d'or sur le nez du dandy ;
Le rapin littéraire, un rédacteur d'enseignes,
Écarquille les yeux, de ses doigts fait deux peignes,
Et comme Laferrière allonge ses cheveux !...

Elle met tout en rut, les jeunes et les vieux,
Mène l'adolescent! Quelle femme puissante!
Pauvre temps que le nôtre !.. Une fille indécente
Venue on ne sait d'où, comme viennent les rats,
Démène salement ses jambes et ses bras
Devant les vieux paillards et la foule badaude,
Qui n'ose pas cracher sur pareille ribaude ?
Et voilà qu'on en fait une célébrité !
Un semblable renom est triste, en vérité.

Et le rire s'éteint sur la lèvre immobile ;
Et l'on prend en pitié le lecteur imbécile
Qui s'en va chez Marpon dépenser des gros sous
En échange d'un livre enfanté par des fous.

Polichinelle froisse dans ses doigts une feuille que le vent a fait rouler à ses pieds; puis il se mord la lèvre et continue en ces termes en se rongeant les ongles.

II

Je plains de tout mon cœur un auteur famélique
Dont l'oreille se tend vers la voix métallique ;
Je méprise et je plains l'homme qui vend sa foi,
Mais je fouette les nains qui n'ont ni feu ni loi,
Ces mirmidons lettrés qui s'arment d'une plume
Pour bâcler en trois jours un immonde volume
Que la hotte réclame... O bâtards de Jacquot !
A nos temps dépravés vous payez votre écot.
A table ! jeunes vieux ! voyez, elle est immense,
Ses pieds multipliés tiennent toute la France !..
Allons ! les débauchés, gens de rien, flibustiers,
Corrompus et vendus, escrocs, boursicotiers,
Gandins frisés, gantés, marchands à lourde panse,
A table, à table donc ! le grand festin commence !

Allons! filles sans nom, machines à plaisir,
Dont les sens énervés excitent le désir
Des hommes abrutis dans de sales mystères!
Filles des lupanars et femmes adultères,
Lorettes de Breda, danseuses de Bullier,
Fronts sans honte que rien ne peut humilier,
Enfin tout ce qui sent de près la décadence,
A table, à table donc! le grand festin commence!

Le diable, cuisinier d'un siècle polisson
Vous sert en ricanant des plats de sa façon...
La foi, la liberté, l'amour et l'espérance!
Le cœur et le cerveau de notre pauvre France!
Ce sont là de bons mets que le diable vous sert...
Patience, le punch doit flamber au dessert:
Mordez à belles dents la pâture céleste!
Mordez et dévorez, et que plus rien ne reste.
La foi qui rayonnait, une auréole au front,
Vous montrait dans le ciel cet océan profond,
Des îlots de soleils pleins d'amour et de flamme
Où pouvoir replier les ailes de votre âme!
La foi qui vous montrait des Edens bien fleuris,
Où vous pouviez aller goûter aux fruits muris
Sous le grand œil de Dieu. La foi, consolatrice
Du pauvre genre humain — elle fut sa nourrice,
Et qui soutient encor l'affligé, l'indigent...
Tenez, on vous la sert dans un grand plat d'argent,

Dépecez-la, goulus! et sur vos assiettes
Faites des roulements de couteaux, de fourchettes!
Que votre bouche s'ouvre ainsi qu'un four béant,
Avalez la croyance et courez au néant;

Polichinelle s'interrompt pour se dire à lui-même et en prose : Je eur dis cela, mais je sais bien que le néant n'existe pas. Il reprend :

La liberté planait; son immense envergure
D'un vol démesuré nous donnait la mesure!
Elle planait si haut, sous notre ciel gaulois,
Que le coq aux yeux d'or l'acclamait de sa voix!
Elle planait si bien, la grande vagabonde,
Que ses ailes devaient illuminer le monde!...
Et vous l'avez tuée, ô sceptiques brutaux!
Avec des balles d'or, avec des capitaux:
Voyez-la, maintenant, elle est très-bien plumée,
Truffée, assaisonnée, et cuite sans fumée.
Allons! dépecez-la, taillez-la par quartier!
Ce phénix qui volait est rôti tout entier!
Jusque sur votre table, hélas! il dut descendre;
Faites brûler ses os... il renaît de sa cendre!..

Polichinelle se frotte les mains et s'applaudit; un étudiant passe tenant une Rigolboche quelconque sous le bras. Notre héros soupire, et continue :

Et voilà maintenant ce que c'est que l'amour...
Un désir sexuel qu'on promène au grand jour.
Toujours, comme autrefois, les jeunes bras s'enlacent;
Toujours, comme autrefois, les jeunes gens s'embrassent,
Mais le cœur ne bat plus... on n'a plus dans les yeux,
Entr'ouverts à demi, ces pleurs silencieux,
Célestes gouttes d'eau qui glissent sur la joue.

L'amour est un hochet avec lequel on joue ;
Il importe fort peu qu'il soit beau, jeune ou laid :
L'amour, à notre époque, est un manche à balai
Entortillé de soie, enflé de mousseline,
Et le tout, ballonné par une crinoline,
Trottine et se balance au souffle du hasard
Pour quêter un peu d'or en dardant un regard.

O blond fils de Vénus ! toi si frais, toi si rose,
Ton haleine embaumée, au doux parfum de rose,
En soufflant sur les cœurs les faisait tressaillir !
Mais on n'a plus de cœur : tu fis bien de mourir.

Ainsi qu'une oie obèse on te met sur la table
Du banquet infernal ordonné par le diable !
Allons, mangez-le donc ! Éros est bien poivré,
Bien salé, bien huilé, surtout bien vinaigré ;
Mastiquez le bambin sous vos dents incisives,
La sauce pique au point de blanchir vos gencives.

III

Après un silence prolongé, Polichinelle se parle à lui-même en langue vulgaire : « Voilà trois plats d'absorbés : LA FOI, LA LIBERTÉ ET L'AMOUR ; restent l'ESPÉRANCE et la FRANCE ; quant au dessert, nous verrons après. » Il reprend :

Blonde comme les blés jaunis par le soleil,
L'Espérance aux yeux bleus, au sourire vermeil,
Nous entr'ouvre des cieux ignorés par notre âme ;
Quand sa voix dans nos cœurs monte sa douce gamme,
On est comme un rosier épanoui toujours,
Où les oiseaux du ciel gazouillent leurs amours !
Les vents sont embaumés, on marche sur la mousse,
L'orgue de la nature en nous chante à voix douce,
Et la feuille qui tremble aux branches du bouleau,
L'hirondelle qui passe, et le frisson de l'eau,

La fleur qui se déploie au baiser de l'aurore,
La chanson du bouvier que dit l'écho sonore,
L'enfant qui vous sourit en vous tendant la main,
Le papillon qui vole et vous suit en chemin,
La branche d'églantier qu'en souriant on cueille
Dans le buisson rosé de fleurs de chèvrefeuille,
La fauvette nichant parmi les groseilliers,
Le souffle du matin dans les hauts peupliers,
Tout ce qui peut éteindre en nous une souffrance,
Tout cela, jeunes fous, oh bien, c'est l'espérance.
Oh ! qu'en avez-vous fait !... Un plat de miroton
Qui ne satisfait plus votre appétit glouton.

IV

Polichinelle s'aperçoit qu'une larme est tombée sur sa bosse, il l'essuie, et poursuit en ces termes :

Il était une fois — on le dit dans l'histoire,
Je m'en souviens très-bien, j'ai beaucoup de mémoire —
Il était une fois — et note bien, lecteur
Que je ne mens jamais quand je me fais conteur, —
Une femme puissante, à la mâle encolure,
Qui secouait au vent sa brune chevelure.
Quand des éclairs partaient de ses yeux menaçants,
Les peuples se disaient, à genoux, frémissants :
La foudre va tomber !... mon Dieu, sauvez le monde;
La lionne rugit... c'est la France qui gronde !...

Et quand la France ouvrait, large sur ses genoux,
Son livre dont le texte est lucide pour tous,
Les nations venaient se pencher autour d'elle
Pour épeler du doigt la langue universelle.
Elle était reine alors, on guettait son réveil,
Elle portait au front, pour couronne, un soleil !...
Oh ! qu'en avez-vous fait, de la déesse fière,
Dites, marivaudeurs, ventrus buveurs de bière,
Absintheurs, vermoutiers qui dédaignez le vin ?
Où donc est la déesse au profil si divin ?
Dans vos bras sans pudeur vous l'avez étouffée !
Maintenant ce n'est plus qu'une dinde truffée !
Allons ! dépecez-la ! ventripoteurs goulus !
Découpez chaque membre, et qu'on n'en parle plus.

C'est bien, tout est mangé...je passe le dessert ;
Qu'on allume le punch, qu'on prélude au concert ;
Il faut se mettre en rut comme les bêtes fauves
Allons! fronts chevelus et vieilles têtes chauves,
Catins de bas étage et marmousets pédants,
Faites au feu du punch rire vos fausses dents ;
La cuve d'alcool flambe comme une forge !
Allons ! étreignez-vous ! prenez-vous à la gorge !
Enlacez-vous les bras, donnez-vous des baisers,
L'orgie est au complet, soyez bien embrasés !
Grouillez, tortillez-vous, ô tas de fripclippes !
Prenez-vous aux cheveux ! arrachez-vous les tripes !

Crevez tous sous la nappe où le vin a coulé ;
Roulez sous ce linceul comme un homme étranglé :
Le Temps, en poursuivant son grand pèlerinage,
Demain mettra vos os dans son sac de voyage !

V

Polichinelle, après cette surexcitation nerveuse, se prend d'un bel amour pour Rigolboche ; il se souvient d'avoir fait le grand écart : donc il pourra lever la jambe aussi bien que cette baladine et, comme elle, passer à la postérité, car il est présumable que la postérité ne haïra pas les jambes retroussées.

Oh ! que ne suis-je femme, afin de conquérir
Une célébrité !... Oui, dussé-je en mourir !
Mais je ne suis pas femme... Oh ! n'être rien qu'un homme
Dont le coude se lève avec le vidrecome !
Et les leveurs de coude, hélas ! sont abondants !
Vrai, ces célébrités me font grincer les dents !

Blanchis dans ton grenier, ô mon pauvre poëte !
Peintre, use tes pinceaux et casse ta palette !

Sculpteur, brise ton marbre! et toi, mon vieux penseur!
Arrache ton pays aux mains d'un oppresseur,
Organise la paix et la sainte harmonie!
Tu mourras ignoré, pauvre homme de génie.
Une jambe de femme, avec impunité,
S'en va tranquillement à l'immortalité.
Oh! voleuses de gloire! elles sont bien osées...
Pouah! ces carognes-là me donnent des nausées.

VI

On bat la retraite; Polichinelle sort du Luxembourg et se promène dans la rue de Vaugirard. Comme il n'a pas de domicile, en sa qualité de vagabond, il va dormir sous une porte cochère; au lever de l'aube, la concierge du lieu donne un coup de pied à notre pauvre bossu.

POLICHINELLE.

Tu m'as brisé les reins, centenaire portière !
Dilate ta narine, ouvre ta tabatière...
Tu ris, je le vois bien, mais sans montrer tes dents :
La chose est impossible.

LA PORTIÈRE.

Oh ! sont-ils impudents,
Ces bonshommes de bois malappris, insipides :
Autrefois j'en avais des dents, et de solides !

Elles auraient cassé des noyaux d'abricots,
Des noisettes, des noix, et fendu des cocos,
Et brisé les cailloux qu'on trouve au bord du fleuve.

POLICHINELLE.

Je ne te dis pas non, mais ta mâchoire est veuve
De ces fortes dents-là.

LA PORTIÈRE.

J'étais belle autrefois...

POLICHINELLE.

Lorsque tes dents cassaient des cailloux et des noix?

LA PORTIÈRE.

On avait de beaux yeux et des pommettes roses!

POLICHINELLE.

Le temps passé n'est plus... Tiens, ma vieille, tu poses!

LA PORTIÈRE.

On avait son Adolphe, on faisait sa Fany...
On avait des appas mignons...

POLICHINELLE.

As-tu fini!
Tes appas ne sont plus que deux affreuses blagues...
Ton homme fume-t-il?...

LA PORTIÈRE.

Mon bichon, tu divagues;
Gare au manche à balai!...

POLICHINELLE.

Prends garde, Pipelet,
Un chien lève la jambe en flairant ton mollet.

LA JEUNESSE

Le père Tapedru rencontre son fils Polichinelle, son enfant de prédilection, parce qu'il est plus canaille que les autres : on aime toujours les plus vauriens de la famille.

POLICHINELLE.

Bonjour, mon cher papa !

TAPEDRU.

Mon fils, expliquons-nous :
Vous êtes un vaurien ! On parle mal de vous.

POLICHINELLE.

Et que dit-on de moi ? Quelle est donc la racaille... ?

TAPEDRU.

Que vous êtes, mon fils, une affreuse canaille!
Le voyou de la presse, un grossier malappris,
Que vous avez grand tort...

POLICHINELLE.

Ah! très-bien, j'ai compris.

TAPEDRU.

Qu'au lieu de vous armer de cette grosse trique,
Vous feriez beaucoup mieux, à la manière antique,
D'aiguiser la satire au trait qui fend la peau,
En imitant Horace et l'immortel Boileau.
Alors les gens sensés, les hommes raisonnables,
Vous lisant, trouveraient tous vos vers admirables.

POLICHINELLE.

Ne me fais pas mourir d'un calembour rentré ;
Ton Despréaux n'était qu'un poëte châtré!
A tous ses vermisseaux...

TAPEDRU.

Vermisseaux!...

POLICHINELLE.

Je préfère
Deux vers du grand Corneille, ou quatre de Molière

TAPEDRU.

O régent du Parnasse! ô Boileau! qu'en dis-tu?...
Il n'existe plus rien, ni respect, ni vertu,
Ni foi, ni loi!... Mon âme en est anéantie!

POLICHINELLE.

Il reste la jeunesse ! et moi j'en fais partie.

TAPEDRU.

Elle ne croit à rien !

POLICHINELLE.

Je le sais bien, parbleu !
Va-t-elle s'occuper du diable et du bon Dieu,
Comme vous le faisiez dans votre moyen âge ?
Tu radotes, mon père ; elle est autrement sage.

TAPEDRU.

A dix ans, les gamins font la nique aux vieillards !
Ils sont coquins, rusés, méchants et babillards ;
Ils ont beaucoup d'esprit et nous appellent croûte !
Aussi se hâtent-ils de poursuivre leur route.

POLICHINELLE.

Ils font bien, ces gamins.

TAPEDRU.

Les vieux comptent leurs pas.

POLICHINELLE.

Les jeunes en ont trop, ils ne les comptent pas !

TAPEDRU.

Ils sautent à pieds joints au fond de noirs abîmes.

POLICHINELLE.

Ils dépensent en or et non pas en centimes ;

Ils vivent promptement : les gamins ont raison.
Mon père, dans la vie, il n'est qu'une saison ;
Le printemps bien fleuri !... le reste est une blague.

TAPEDRU.

Ne parle pas ainsi, ta cervelle extravague.

POLICHINELLE.

Nous sommes la jeunesse et vous êtes les vieux,
Nasillant le bon temps sur des airs ennuyeux :
Vous rappelez vos faits de force et de vaillance,
Votre amour idéal, votre sainte croyance
Et votre honnêteté qui marchait au grand jour !
Nous avons retourné tous ces habits de cour
Et les avons vendus aux fripiers de boutiques ;
Ils ne sont plus de mode, et nous sommes sceptiques.
Quand il nous pousse au cœur un amour qui fleurit,
Nous étranglons le cœur, et l'arbuste pourrit !
Que vous étiez naïfs du temps de feu ma mère ;
Vous viviez bêtement, d'un rien, d'une chimère :
Vous alliez deux à deux, la nuit, — c'était charmant, —
Pour regarder Vénus, perle du firmament !
Et le bras sous le bras, dans une paix profonde,
Tout bas vous chuchotiez : « Ce sera notre monde !
Oui, nous l'habiterons quand nous serons partis
De ce globe terrestre où tous sont si petits ! »
Alors on s'épousait... quelle affreuse bêtise !
Quelle simplicité !... La mairie et l'église
Vous grippaient des écus pour faire des conjoints,
Bien heureux, bien unis par-devant des témoins.

Nous, nous sommes plus forts... nous sommes la jeunesse!...
Fi de ce calme plat! Nous préférons l'ivresse
Des sens tumultueux, du principe vital!
La femme n'est pour nous qu'un instrument banal,
Qu'un mannequin fardé qu'aujourd'hui l'on embrasse
D'une lèvre avinée, et que demain l'on chasse.
Nous ne croyons à rien, vous étiez convaincus;
Nous buvons du champagne et faisons des cocus!
Vous aviez des biceps?... Nous avons, femmelettes,
Des mollets de dindon et des bras d'allumettes!
Nous sommes ainsi faits, c'est la mode aujourd'hui
Nous ressemblons au coq et faisons comme lui:
Nous frissonnons de l'aile autour de nos poulettes,
Nous les menons au bal en splendides toilettes,
Nous dansons le cancan jusqu'à près de minuit
Et le branle du loup le reste de la nuit!
La vie est abondante, on s'enfièvre d'ivresse,
Que veux-tu, mon papa, nous sommes la jeunesse!

TAPEDRU.

Tu fais rimer le simple avec le composé?...
Faire de pareils vers, ce n'est pas malaisé.

POLICHINELLE.

Ah! tu crois ça, mon vieux papa!... veux-tu te taire!
On connaît son Musset, son monsieur de Voltaire!
Nous qui sommes hardis, nous faisons rimer tout:
Pantoufle avec citrouille, un chou avec atout,
Parsemés d'hiatus moelleux dans leur souplesse,
Il nous importe peu: nous sommes la jeunesse!...

Je n'ai pas de Gautier les outils délicats ;
Il ciselle dans l'or, je ne ciselle pas ;
Je travaille en brutal, sans fatigue et sans gêne ;
Mon vers, à coup de hache, est taillé dans le chêne,
Quand on ne pense pas, on rime richement ;
C'est bête comme tout, mais ça paraît charmant.
De vos cerveaux tirez la rime obèse et riche,
De sonores grelots, quant à moi je m'en fiche !
Que l'on me lise ou non, cela m'est bien égal :
Sur le Paris boueux je me tiens à cheval !
Tiens, laisse-moi la paix, papa, tu me bassines !

TAPEDRU.

Vous l'entendez, grands dieux !... Monstre, tu m'assassines !...
Tu vas déshonorer mes pauvres cheveux gris !
Malheureux !... on l'a fait boire et le voilà gris.

POLICHINELLE.

Guih guih guih, ribouibouih !... mon bâton me démange !..
Arpente le terrain, ou sinon je te mange !
Va vite te coucher, vieux bonnet de coton ;
Nous sommes jeunes, nous ! CAMBRONNE POUR CATON !

LES PHALÈNES

I

Polichinelle se trouve devant la porte d'un lupanar. Il fait nuit.

Si tu passes, jeune homme, à l'heure où le soleil
Jette ses gerbes d'or vers le couchant vermeil,
A cette heure où la nuit revêt sa robe grise,
Dont les plis étoilés, la lueur indécise,
Répandent sur Paris une vague clarté ;
Si tu passes, enfin, dans la vieille Cité,
Ne t'arrête pas là : c'est l'heure où les phalènes
Suivant d'un vol léger les nocturnes haleines
Dansent autour du gaz pendant toute la nuit. —
Leur aile a plus d'éclat sur la place qui luit.

Avec eux les Phrynés, tristes filles de joie,
Font faire des froufrous à leurs robes de soie !
Elles brillent aussi, leur joue a du carmin ;
Cela tourne, voltige et vous suit en chemin.
Phalène aux ailes d'or et Laïs en mantilles
Sont des sylphes le soir, le matin des chenilles.
Ne t'arrête point là ; presse, presse le pas !
La marchande d'amour te prendrait par le bras
Pour exciter tes sens ; ne saisis pas la rampe
De l'escalier infect où la débauche rampe :
La source de ton sang perdrait sa pureté
Et corromprait celui de ta postérité.
Malgré les soins constants d'une épouse fidèle,
Tu verrais près de toi des enfants au corps grêle ;
Car ces pauvres petits, anges que nous aimons,
Porteraient le serpent qui ronge les poumons.
Va, poursuis ton chemin sans détourner la tête,
N'écoute pas l'instinct de cette voix muette
Qui ne parle qu'aux sens, tu te dégraderais,
Et comme un insensé de l'amour tu rirais ;
Car ces femmes, vois-tu, jeune homme au cœur novice,
Font rire de l'amour et font aimer le vice !..
Si, simple curieux, tu les interrogeais
Pour prendre quelque note ou puiser des sujets
De vers ou de romans, elles te diraient toutes :
Que cette vie humaine a d'effroyables routes,
Que la fatalité les prit dans leur berceau
Comme des fleurs des champs que l'on jette au ruisseau

Que pour un tel métier elles n'étaient pas nées
Et qu'elles furent là par la faim amenées.
Ce sont de vieux refrains ironiques, menteurs,
Qui vont frapper de l'aile à la porte des cœurs.
N'écoute pas ces voix de l'impudique ivresse !
Quant à moi, je soutiens que ce fut la paresse
Qui fit au lupanar coucher ces Danaé,
Dont les seins, dégagés d'un fichu dénoué,
Attendent, s'allongeant sur le bord de leur couche,
Des hommes avinés au regard morne et louche,
Jupiters débraillés qui, tout crottés et soûls,
Pour payer des baisers font pleuvoir des gros sous.
La prostitution est une chose infâme ;
En flétrissant le corps elle dégrade l'âme.
Oh ! malheur à l'enfant qui se vient abreuver
Au calice honteux que rien ne peut laver ;
Sa lèvre y puisera l'oubli de l'innocence,
Elle y perdra la foi, l'amour et l'espérance.
La pudeur, n'osant plus baiser son front impur,
En pleurant replîra ses deux ailes d'azur !
Et le démon du mal, en ricanant dans l'ombre,
Déplissera, joyeux, son front bas, chauve, sombre ;
Pareil à ce vautour qui, sur les monts déserts,
Va guettant les ramiers qui passent dans les airs,
Il attend froidement quelques filles candides,
Pour leur broyer le cœur dans ses serres avides.
Non ! c'est pousser trop loin et l'opprobre et l'abus.
O Dieu ! louer ses flancs ! être femme omnibus !

Oser lever un front que le fard enlumine!
Laisser voir au passant qu'on n'est qu'une machine
A passion charnelle, à cynique plaisir,
Où chaque brute peut satisfaire un désir!
Ne plus avoir de cœur, traîner un corps sans âme
Du trottoir à l'égout, et se croire encor femme!
Quelle affreuse ironie!... et quelles pauvres lois!...
Les chiennes dans la rue et les louves au bois,
La lionne au désert, les hyènes, les tigresses,
Qui vont en plein soleil recevoir les caresses
Des mâles haletants d'ardeur, de volupté,
En suivant leur instinct sont dans la vérité :
La nature leur parle et leurs sens obéissent;
Tandis que ces catins, ces guenons qui vieillissent
En montrant au grand jour des visages, des fronts
Où le vice ridé met un masque d'affronts,
N'ont pas la passion pour leur servir d'excuse :
Ces poupards à ressorts barbouillés de céruse
Livrent leurs cous, leurs bras, leurs lèvres et leurs flancs
Au premier vagabond qui leur jette deux francs.

II

Mère du genre humain, toi que Dieu fit si belle !
Femme dont la nature a perdu le modèle,
Ève aux cheveux flottants, toi qui vins déposer
Sur les lèvres d'Adam le germe du baiser,
Si, d'un doigt écartant ta chevelure blonde,
Tu pouvais encor voir ce qu'on fait dans ce monde,
O reine de l'Eden ! parle, que dirais-tu
En voyant tes enfants dégrader la vertu ?
Et tes filles surtout, belles d'adolescence,
Jeter sur les buissons leur robe d'innocence,
Pour souffleter l'amour sur d'ignobles grabats ?
Tu dirais, pauvre mère : — Oh ! c'est tomber trop bas !
C'est aller trop avant dans la honte et la fange !
Il ne leur reste rien de l'origine d'ange,

Je cherche vainement sous ces masques flétris
Le type primitif de mes enfants chéris ;
Ils avaient pour berceau mes genoux et le monde,
Le soleil de l'Eden dorait leur tête blonde,
Leur sourire était doux, leurs yeux étaient d'azur,
Car la terre était jeune et le ciel toujours pur !
Est-ce pour avoir pris à l'arbre de science
Des fruits d'or, que provient la dégénérescence
Dont ce monde est frappé ?... Non, ce n'est pas non plus
Pour des baisers donnés... doux baisers bien rendus!
Je n'avais près d'Adam que mes cheveux pour voiles
Et nos témoins étaient le soleil, les étoiles,
Dont les grands yeux s'ouvraient sur notre amour béni !
Alors toutes les fleurs, les oiseaux dans leur nid
Nous disaient : « Aimez-vous, Dieu veut qu'on multiplie.
— Adam dut obéir, Ève était si jolie ! —
Voyez, nous nous aimons, nous avons avant vous,
Parmi les rameaux verts aux ombrages si doux,
Fait pour nos oisillons un chaud berceau de mousse,
Qui se balance et dort sur la branche qui pousse.
Ève, suis donc les lois du Dieu de vérité,
Afin que dans tes flancs germe l'humanité. »

Et nous avons suivi les lois de la nature :
Dieu ne s'irrita pas contre sa créature,
Il nous avait créés pour nous aimer tous deux,
Et notre amour le fit sourire dans les cieux !

Et tu dirais encore, en pleurant sur ces femmes :
— Hélas ! qu'avez-vous fait de ces pudiques flammes,
De ces blanches amours qui chantaient dans nos cœurs
Comme des rossignols sur les buissons en fleurs ?
On n'entend plus leur voix ; vers la voûte étoilée
Ces oiseaux de l'Eden ont repris leur volée ;
Pauvres cœurs sans amour ! bien triste est votre sort,
Vous êtes en naissant envahis par la mort !

III

— Tu divagues, poëte insensé ; tout à l'heure
Ta muse égratignait, à présent elle pleure !
Au feu de ta colère, avec ses doigts d'airain
Elle tordait les pieds d'un vers alexandrin
Pour le jeter au front de ces filles perdues
Qui, phalènes brillants, voltigent dans les rues,
Et voilà qu'à ton tour maintenant tu les plains
Comme Vincent de Paul plaignait les orphelins ;
C'est qu'elles sont à plaindre, oh ! ce ne sont pas elles
Qu'il faut frapper ainsi de tes verges cruelles,
Mais bien ces gens vivant de tout sales tripots
Qui sur l'humaine chair prélèvent des impôts,
Ces jeunes gens blasés, flétris par la débauche,
Qui n'ont qu'un balancier de chair sous le sein gauche !

Ces brutes sans vergogne, aux sentiments viciés
Sur les femmes toujours bavent des mots grossiers.
Ils les souillent d'abord d'ineffaçables taches,
Puis, se croyant taureaux, ils les appellent vaches !
O ma sainte colère ! illumine tes yeux,
Marque d'un fer brûlant tous ces êtres hideux,
Ces vieillards décrépits, fardés, dont la perruque
Voudrait cacher le temps qui dépouilla leur nuque ;
Qui, n'ayant plus dans l'œil que des feux impuissants,
Font briller un peu d'or pour qu'on fouette leurs sens !
Fustige les piliers de ce lieu d'infamie,
Voyoux mangeant un pain pétri d'ignominie !
Ce sont des paresseux cyniques, éhontés,
Brûlés par l'alcool, dont les yeux hébétés
Cherchent dans un piquet s'ils auront bonne chance !
Les cartes !... voilà bien leur livre de science !
Ils sont là, dans un coin, sur la table accoudés,
Éjagulant des mots presque aussi dégradés
Que leur individu !... Quelle engeance putride !
Cela boit, cela mange, et n'a pas une ride !
Eunuque par le cœur, étalon par la chair,
Chacun d'eux se dandine et tranche du bel air,
Pendant que sa poupée, une guenon sans âme,
Va lui gagner du pain sur une couche infâme !
Et ces autres, enfin, écume de l'égout,
Dont le sexe douteux fait pâlir de dégoût,
Ces êtres avilis que toute femme abhorre
Et qui semblent surgir des cendres de Gomorrhe !

Détournons nos regards ; cet immonde bétail
Nous soulève le cœur.

Près de ce vieux portail
Qui vomit chaque soir la fille dégradée,
Voyez-vous cette vieille affreusement ridée :
Son crâne en toit fuyant a pour gouttière un nez
Qui filtre le tabac sur des appas fanés ;
Des Laïs de son temps ce fut la plus infâme :
Si le diable existait, il la prendrait pour femme ;
Depuis trente-six ans qu'elle est dans le quartier
Jamais vide-gousset ne fit mieux son métier,
Et n'entra plus avant dans le gouffre du vice :
Maintenant elle instruit la fille encore novice
Que la faim, la misère, un amour décevant,
Jetèrent presque nue en ce maudit couvent
Dont elle est mère abbesse, où la honte publique
Élève des autels à Vénus impudique !

IV

Corruption en haut, corruption en bas,
Corruption partout!... Édredons ou grabats,
Lit en bois de senteur aux longs rideaux de neige,
Paillasse délabrée, ottomane, vil siége,
Vous êtes les témoins de la lubricité,
Les complices muets de la bestialité !
C'en est fait, plus d'amour, plus de célestes flammes
Unissant à la fois et les corps et les âmes;
Plus de couples heureux, de regards plein d'espoir,
De soupirs s'envolant sur les ailes du soir,
De pleurs silencieux, perles du cœur venues
Que l'amour fait tomber sur des mains ingénues!
L'âme n'existe plus, les cœurs sont rétrécis,
Les désirs effrénés, les plaisirs indécis :

Les baisers sensuels s'en vont de lèvre à lèvre,
La chair seule frémit, l'âme n'a plus de fièvre;
La prostitution est devenue un art,
Et le monde n'est plus qu'un vaste lupanar!
Là rien n'est respecté, pas même l'innocence;
On y souille la vierge en son adolescence,
Et la fille du peuple, angélique trésor,
En voyant ses haillons, se livre pour de l'or!
Ah! l'or a fait pleurer bien des pauvres familles,
Il a bien corrompu des vertus en guenilles,
Fait sortir des maris quand venaient les amants,
Désuni bien des cœurs, rompu bien des serments:
L'or, c'est la clef magique ouvrant toutes les portes,
C'est le doigt enlaçant les fleurs aux feuilles mortes,
Le laid avec le beau; c'est l'agent infernal
Qui pose un front ridé sur un sein virginal.

V

On ne peut arrêter un fleuve dans sa course,
Dira-t-on. On le peut, si l'on comble sa source !
Remontons au principe, à l'amour, à la foi !
Supprimons la misère, et faisons une loi
Dont la sévérité puisse atteindre le vice
Et la corruption, cette hydre qui se glisse
Du palais au salon, du salon au boudoir,
Du boudoir au grenier d'où déserte l'espoir;
Qu'à toute heure, en tout lieu, la mère de famille
Puisse conduire enfin ou son fils ou sa fille,
Sans frémir de dégoût à d'ignobles clameurs
Et sans voir ces tableaux qui font rougir les mœurs ;
Car le vice est un mal affreux, épidémique :
Il change en être immonde une face angélique.

Oh ! s'il est vrai, mon Dieu, que la prostitution
Est une chose utile à cette passion
Que l'on tient de la brute, alors malheur et honte
A l'être qui descend lorsque Dieu veut qu'il monte !
Oui, malheur à celui qui porte un cœur taré !
N'ayant jamais aimé, n'ayant rien vénéré,
Il ne frémira pas d'extase à ce mot : J'aime !...
Aimer, c'est graviter jusqu'à l'Être suprême !
Et l'on ne monte à Lui qu'animé par l'amour.

VI

Le vice c'est la nuit, la vertu c'est le jour.
Jeunes filles, cœurs purs parfumés d'innocence,
Si belles d'avenir en votre adolescence,
Qui portez dans vos yeux l'ázur du firmament,
Gardez votre pudeur. Si votre cœur aimant
Un jour s'épanouit, comme une fleur céleste,
Aux rayons de l'amour, que la pudeur vous reste !
Aimez, Dieu nous l'a dit : il est si doux d'aimer !
Mais ne souillez jamais ce qu'on doit parfumer.
Lorsque vous passerez sur la place publique,
Si vous voyez la femme au regard impudique,
Jeter un mot grossier à qui barre ses pas,
Ne la méprisez point, mais ne l'enviez pas ;
N'enviez pas sa robe aux moelleuses fourrures

Ses bijoux de clinquant, ni ses fraîches guipures,
Car si vous souleviez ce tissu décevant,
Vous trouveriez dessous un cadavre vivant !
Si votre main touchait le plâtre de sa joue,
Jeunes filles, vos doigts seraient tachés de boue !
Rappelez-vous toujours qu'il n'est plus de bonheur
Quand de l'âme s'exile à jamais la pudeur ;
Que le pain le plus doux pour une pauvre fille
Est celui que produit sa diligente aiguille.

FIN.

EN VENTE

CHEZ MARPON, GALERIE DE L'ODÉON, 4, 5, 6 ET 7

Paris. — Typographie de Cosson et comp., rue du Four-St-Germain, 43.

www.ingramcontent.com/pod-product-compliance
Ingram Content Group UK Ltd.
Pitfield, Milton Keynes, MK11 3LW, UK
UKHW021036180726
13838UKWH00004B/1826

9 782329 383644